★聆听感悟大师经典

歌德名篇名句赏读

罗剑平　主编

黄河出版传媒集团
阳光出版社

图书在版编目（CIP）数据

歌德名篇名句赏读 / 罗剑平主编. —— 银川：阳光出版社，
2016.7（2024.1 重印）
（聆听感悟大师经典）
ISBN 978-7-5525-2817-6

Ⅰ.①歌… Ⅱ.①罗… Ⅲ.①歌德(Goethe,
Johann Wolfgang Von 1749-1832) – 文学欣赏 Ⅳ.
①I516.064

中国版本图书馆CIP数据核字(2016)第190199号

聆听感悟大师经典　歌德名篇名句赏读　　　　罗剑平　主编

责任编辑　贾　莉
封面设计　民谐文化
责任印制　岳建宁

黄河出版传媒集团　出版发行
阳光出版社

地　　址　宁夏银川市北京东路139号出版大厦（750001）
网　　址　http : //www.ygchbs.com
网上书店　http : //shop129132959.taobao.com
电子信箱　yangguangchubanshe@163.com
邮购电话　0951-5047283
经　　销　全国新华书店
印刷装订　永清县晔盛亚胶印有限公司
印刷委托书号　（宁）0027456

开　　本　710 mm×1000 mm　1/16
印　　张　6.5
字　　数　78千字
版　　次　2016年7月第1版
印　　次　2024年1月第2次印刷
书　　号　ISBN 978-7-5525-2817-6
定　　价　23.80元

前　言

　　世界文学的殿堂就像大自然一样神奇、美丽与朴实，它是世界上才华横溢的一批人用最优美、最自然的表达而描绘出的世界图景。历经时代的考验，这些作品魅力永存，而有这样一批才华横溢的大师也被我们永久记录下来，他们人格的力量一直激励着我们，他们的思想也已融入我们的血液之中。

　　阅读这些大师的经典作品，感悟其中的社会百态和人世间的苦乐善恶，就像与大师在进行面对面的交谈，让人的精神上产生出一种超越、一种支撑、一种理性的沉淀。

　　为了帮助读者朋友更好地阅读古今中外的经典作品，我们精心编辑了这套《聆听感悟大师经典》丛书，希望能把有价值的、经典的书推荐给大家，让大家在有限的时间里能够了解中外经典名作的轮廓，提早感受到名著的魅力，慢慢进入阅读的佳境。本套丛书包括《莎士比亚名篇名句赏读》《雨果名篇名句赏读》《卢梭名篇名句赏读》《李白名篇名句赏读》《鲁迅名篇名句赏读》《徐志摩名篇名句赏读》等，每本书中都配有作者小传和作者肖像，所选内容都是中外文化巨人的优秀作品，通过我们的分类整理，相信会给你一个愉快的阅读体验。

通过对该丛书的阅读,你会发现大师的经典语句与我们的日常生活中有很多的契合点,读书的过程就像聆听大师的亲身教诲一样,使我们懂得生活中的许多哲理。编辑本丛书的目的,并非要取代对原著的阅读,而是让读者在名篇名句的引导和记忆中更好地阅读整部作品并理解整部作品的意境。

由于编写时间仓促及编者水平有限,书中难免有不足之处,还望读者批评指正。

编　者

目 录

人生博览

国　家
　社　会
　　人　生
　　　人　民
　　　宗　教

国　家

　　祖国所产生的人们，出于危险而入于危险，自由的勇气无限，自己的流血心甘；神圣的意念，属于不屈的心，一切的胜利，归诸战斗的人。

✳　《浮士德》

　　即使海潮啮岸，堤有溃的危险，人民全体合力，立即把漏穴补完。

✳　《浮士德》

　　柔软的指头含有精灵的威力，他们在创造着可透视的物体。在结晶中和它永恒的沉默里，然后才看出上层世界中的神奇。

✳　《浮士德》

　　大凡下命令的人，须得在命令中感着仁心。

✳　《浮士德》

　　力征经营，威武统治者谁肯放弃？凡是这样的人，不知道克制自己，

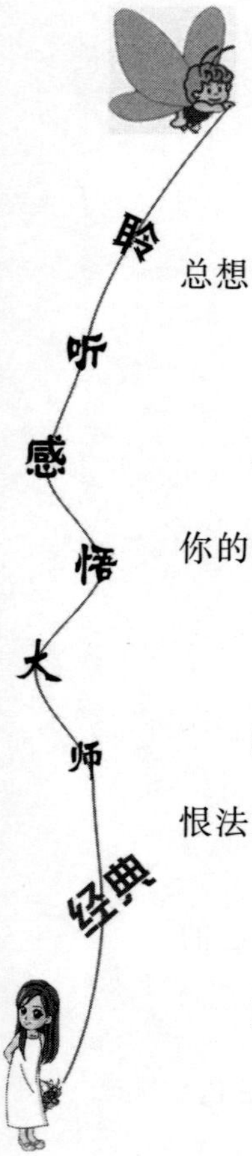

总想以他的骄慢支配邻人心意。

✻ 《浮士德》

专一属于你的这个国家，只向你呈现最高的繁华；即使全世界都是你的领土，你爱祖国也会超过其他。

✻ 《浮士德》

我们总不能够永远排外，好的货色不免总是舶来，真正的德国人都恨法兰西，但法兰西的酒德国人都爱。

✻ 《浮士德》

勇敢地团结一致，这可是最最要紧。

✻ 《莱涅克狐》

在陌生的王国里，所有的保护人和一切钱财，都不能保证能战胜卑劣敌人的阴谋诡计。

✻ 《克拉维戈》

在我的内心之中，激发着勇气和愿望，我要为祖国而生，为祖国而死，给别人作出可贵的榜样。

✻ 《赫尔曼和多罗泰》

每一处地方都爱它的方言，因为它本是灵魂所借以呼吸的工具。

✻ 《歌德自传》

凡是从一种共同生活的一定关系产生出来的习俗,是摧毁不了的。

✻ 《歌德自传》

暴政往往在夜间谋害忠良!避开众人耳目,让他们的血悄悄流淌。

✻ 《哀格蒙特》

与人商事多有困难,特别是和那些只顾眼前利益,而很少考虑长远利益的目光短浅的人议事那就更困难了。因为在公共建设中,免不了发生一方受益另一方吃亏的现象,如果依靠协议,那就什么事也办不成。凡属于公共福利事业都必须通过无限的王权才能向前推进。

✻ 《亲和力》

谁如果觉得自己有必要疏远所谓下等人以保持尊严,那他就跟一个因为怕失败而躲避敌人的懦夫一样可耻。

✻ 《少年维特的烦恼》

社　会

　　人类对自己的愿望总是沾沾自喜,有时往往会忘乎所以,即使处于极其幸福的瞬间,也往往不能自拔。

✿　《泄露秘密的是谁》

　　主宰世界的三要素,那就是智慧、光辉和力量!

✿　《神怪的故事》

　　这种力量更早地,更普遍地、更确切不移地统治着全世界,那就是爱的力量!

✿　《神怪的故事》

　　人类都是一个模子铸出来的。多数人为了生活,不得不忙忙碌碌,花去大部分时间,剩下一点点余暇却使他们犯起愁来,非想方设法打发掉不可。这就是人类的命运啊!

✿　《少年维特的烦恼》

残云惨雾虽然一时蒙蔽了天空,但是没有用,天仍然会亮!

✽ 《哀格蒙特》

美好的时代,会给我们新的力量。

✽ 《伊菲革涅亚在陶里斯岛》

流行的东西,是瞬息万变的。

✽ 《五十岁的男子》

夜莺的喉因阳春到来而激动,同时杜鹃的啼声也是如此。美丽悦目的蝴蝶和惹人憎恨的蝇蚋,同样是日暖的产物。

✽ 《歌德自传》

人类总要顺从那不可避免的命运,在心中抛掉那不可能的事情,而另寻一种新的生活兴趣。

✽ 《歌德自传》

人们断言,道路已开辟出来了,可不知道,在一切尘世的事物中,很少谈得上所谓道路,因为正像为船所挤开的水,船一过,水马上便再合了那样,人类的迷惑错误,虽一度为卓越的人们所排除并可以乘胜前进,但在他们之后,便马上极其自然地再现了。

✽ 《歌德自传》

时代给予当时的人的影响是非常大的,我们真可以说,一个人只要

歌德名篇名句赏读

早生十年或晚生十年,从他自己的教养和他对外界的影响看来,便变成完全另一个人了。

✿ 《歌德自传》

如果我们看看在我们一生中别人所成就的事业,我们先前也把这种事业视为自己之天职,却不得不与别的许多事业一同在中途抛弃——那么,我们心中便涌现一种美好的感情,于是感到人类集合起来才是真正的人,个人唯有觉悟到自己是融合在全体之中,他才能愉快幸福。

✿ 《歌德自传》

谚语和格言诗是来源于老百姓方面的东西,他们虽必须对上服从。但是,至少他们的嘴巴可以说他们所要说的话,但是为民长上者,却能以行为来弥补这个缺憾。

✿ 《歌德自传》

在掌握权力的伟大人物中,总可以找出几个通情达理的贤人。充耳不闻的统治者,毕竟是少数;十有八九只是因为咱们自己的呼声太弱,无法达到他们的耳朵。

✿ 《克拉维戈》

世界确实是美丽的,无数的幸福在它的广阔领域里飘来飘去。

✿ 《托尔夸托·塔索》

看一个家庭,立刻就看出主人的性格,就像走进一个城市,能断定当

局的政绩。

✳　《赫尔曼和多罗泰》

　　凡是正义法官做出的判决，绝不会向大众隐瞒。

✳　《哀格蒙特》

　　首先要使人对他们的宪法感到放心，其他一切不难迎刃而解。

✳　《哀格蒙特》

　　我是政治交易中的老手，我知道要赶一个人下台，用不到撤销对他的任命。

✳　《哀格蒙特》

　　世界上任何东西都在变。一个国家的体制能永远不变吗？随着时间的推移，各种关系也在改变。一个古老的宪法有着种种弊端，因为它没有包含人民当前的情况。

✳　《哀格蒙特》

　　习惯于统治别人的人，习惯于每天把千万人的命运掌握在自己手里的人，一旦要他离开王位，无疑是要他进入坟墓。但是，还是进入坟墓较好，这远胜于做一个活人中间的幽灵，尸位素餐，徒有空名，死抱住别人传给他的位子不放，其实别人早已占有了这个位子，而且正在尽情地享乐呢。

✳　《哀格蒙特》

歌德名篇名句赏读

奴仆之辈升了大官,受害者通常总是穷人。

✻ 《莱涅克狐》

可是世界怎样能改善?谁都想让自己为所欲为,而却用暴力去压制他人。

✻ 《莱涅克狐》

人们总爱嘲弄他们不懂的事物,对于他们经常感到烦难的善与美,他们也嘀嘀咕咕;难不成狗也像他们一样猜猜不已?

✻ 《浮士德》

法律固有权,更有权的是灾难。

✻ 《浮士德》

但可怜恶风流行,举国若狂,恶以益恶,坏得不成模样,是则聪慧何济于人心,是则慈爱何济于人情,是则敏捷何济于伎俩!

✻ 《浮士德》

自然界中不常有的事体,流行界里却可随意为之。

✻ 《浮士德》

大家都想自大,大家也就自大,就是顶小的人物,也觉得满腹才华,而最聪明的到头来只是最傻。

✻ 《浮士德》

好勇斗狠,本来是人类的天性,人类必须保卫自己,尽其可能,从幼小起头,一直到成人时分。

❀ 《浮士德》

法官不能秉公执法,终归于枉法贪赃。

❀ 《浮士德》

家庭和城市,如果不适应时势,按照外国的潮流,由大家想法来加以维持、刷新、改善,那将会弄成什么样子!

❀ 《赫尔曼和多罗泰》

人类本应当永远力求改善;事实上,他们也总是步步登高,至少在寻求新鲜的花样。

❀ 《赫尔曼和多罗泰》

无论是房子,是街市都要随着时势走,人们都跟着时势和外国来补缀、新造、改修!

❀ 《赫曼与窦绿苔》

各人打扫自己的门前,市内各区就都会干净。各人完成自己的课题,市议会就会太太平平。

❀ 《温和的克塞尼恩》

在日常生活中我们经常碰到诗人在史诗里运用所谓艺术技巧塑造

的人和事,那就是当主要角色隐退,无所作为时,此前未受注意的次要或更次要的角色便会马上取而代之。由于他充分地展现出自己的活动能力,他立刻会赢得我们的注意和兴趣,甚至夸奖和赞许。

✳ 《亲和力》

不管人们多么离群索居,他们都会出乎意料地发现自己要么是有施于人,要么是有求于人。

✳ 《亲和力》

谁又能抗拒潮流呢? 时代在向前推动。而同时其思想、观点,以至偏见也在向前发展。要是儿子的青少年正处在时代的转折关头,那么可以肯定地说,他和父亲毫无共同之处。如果说父亲是生活在这样一个时期:人们想要占有许多财产,保住这些财产,同时予以限制和约制,在与世隔绝之中巩固其享受,那么儿子的倾向则是试图交际,扩展自己,使闭锁的得到开放。

✳ 《亲和力》

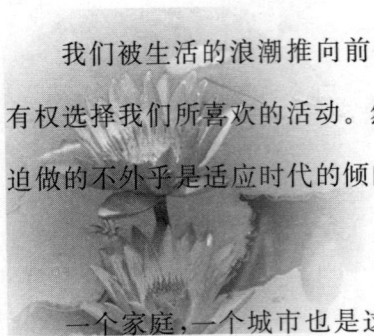

我们被生活的浪潮推向前去,而我们却以为我们在独立行事,我们有权选择我们所喜欢的活动。然而,一仔细观察,我们便会发现,我们被迫做的不外乎是适应时代的倾向和要求。

✳ 《亲和力》

一个家庭,一个城市也是这样。只消发生了什么可怕的事,来的人

都会感到恐惧。在那里,白昼的光辉不会是那么明亮,星星似乎也失去了它们的光芒。

✽ 《亲和力》

无论是教育儿童还是领导人民大众,没有比颁布禁令,制定禁止性的法规更愚蠢更不文明的了。人的本性就是积极好动的,要是懂得如何掌握他,他会马上领会你的旨意,付诸行动,见诸成效。

✽ 《亲和力》

每一种状况,无论是封闭型的还是开放型的,都有自己的困难。开放型的先决条件是产品的丰富,而它会导致浪费。一旦出现产品的匮乏,就会重新出现自我封闭。不得不租用您土地的农民又在给他们的园子砌起围墙,以保护他们的收获。由此就会产生一种对待事物的新观点。功利主义又会占上风,甚至富有的人最后也会认识到必须一切为我所用。

✽ 《亲和力》

人们想碰碰大自然,会对某块小地方特别感兴趣。但人们不敢冒险去排除某些障碍,没有足够的勇气作出某些牺牲。人们不能事先推测将要产生的后果,只是试探试探:或者成功,或者失败;人们想有所变革,也许变革的正好是应当保留的,而保留的却是应当变革的。到头来始终是个令人高兴,令人兴奋,但并不令人满意的事物。

✽ 《亲和力》

歌德名篇名句赏读

虽然社会已经在议论我们,并将继续议论我们,但也像对待所有失去新奇感的事物一样,它会忘掉我们,让我们自行其是,而不再盯住我们。

✳ 《克拉维戈》

要是时势对我们有利,我们并不是小人物,只有在环境征服我们的时候,我们才是小人物。

✳ 《克拉维戈》

世界上并不缺少同情别人、乐意助人的好人;一个人只要跨出第一步,他四周的人便会给他充分的自由,支持他的决心。

✳ 《克拉维戈》

人　生

　　朋友,你想想,人本来就乐意说服别人改变信仰,总想在别人身上看到自己所珍视的东西,让别人享受自己所享受的乐趣,并在他们身上重新看到自己和表现自己。如果硬要说这是利己主义,这也是一种最值得爱、最值得称赞的利己主义,正是这种利己主义把我们造成人,并保持人的特点。

❉　《五十岁的男人》

　　他发现,祖父的禀性往往在孙辈身上再现。他有时也说到母系祖先的影响,他们都是从外姓家族嫁过来的,往往使后代完全失去本家族的特征。

❉　《五十岁的男人》

　　宙斯,用云雾
　　盖住你的天空吧,

聆听感悟大师经典

像儿童一样

对橡树和山峰

玩斩蓟头的游戏吧！

可别动我的土地

和我的茅屋（它不是你造的！）

还有我的炉灶，

你正为其中的炽火

而嫉妒我呢。

❋ 《普罗米修斯》

要我尊敬你？为什么？

你可曾减缓过

艰辛人的痛苦？

你可曾止住过

忧伤者的眼泪？

不就是那万能的时间

和永恒的命运，

那个是我的也是你的主宰

把我锻造成男子汉么。

❋ 《普罗米修斯》

你也许会妄想

我会厌憎人生，

逃向荒漠。

因为并非所有的

美梦一一成真。

❋ 《普罗米修斯》

人生像是庄严的命运一般：白昼多可爱，夜晚多么不平凡！

❋ 《热情三部曲》

命运也这样播弄群众，时而俘获鬈发的无辜少年，时而也俘获秃头的罪人。

❋ 《神性》

风是水波的亲爱的情郎；风会兜底搅乱汹涌的水波。人的灵魂，你多么像水！人的命运，你多么像风！

❋ 《水上的精灵之歌》

一个人一生当中遇到的意想不到的怪事可多呢。要是什么都一帆风顺，这反而不好。要是什么都一帆风顺，生活就平淡无奇，就不会有人交头接耳，窃窃私议，社会上也不会议论纷纷了。

❋ 《克拉维戈》

我希望年轻人的这种发狂举动，这种暴风雨式的眼泪，这种深沉的悲痛，即将成为过去。我希望作为一个男子汉，不要再那么萎靡不振，不

歌德名篇名句赏读

再那么忧心忡忡,应该振作精神。

✿ 《克拉维戈》

往往有许多事情,出乎意料之外,你以为已经到手,却会突然地失掉。

✿ 《莱涅克狐》

有许多事往往事前觉得害怕,临了,总是天无绝人之路,无论什么事,船到桥头自会直!

✿ 《丝苕拉》

人生道路失意的事儿总是有的!不过有时失掉的东西是可以重新获得的。

✿ 《丝苕拉》

世上万事万物都是过眼云烟。

✿ 《丝苕拉》

大大小小的学究们一致断定,小孩儿是不知何所欲求的;岂只小孩儿,成人们还不是在地球上东奔西闯,同样不清楚自己打哪儿来,往哪儿去,同样干起事来漫无目的,同样受着饼干、蛋糕和桦木鞭子的支配。这谁都不肯相信,但我想却是显而易见的。

✿ 《少年维特的烦恼》

某些稍有地位的人,总对老百姓采取冷淡疏远的态度,似乎一接近就会失去什么来着;同时又有一些轻薄仔和捣蛋鬼,跑来装出一副纡尊降贵的模样,骨子里却想叫穷百姓更好地尝尝他们那傲慢的滋味。

❊ 《少年维特的烦恼》

好!这副药剂不要金钱,不需要医生,不要魔力:马上出门到田野里去,动手刨,还动手挖,把你和你的感官局限在十分狭窄的范围里,吃些粗茶淡饭,如牲口一样同牲口住在一起,亲自为你所耕种收割的田亩施肥,而且要毫不介意!这就是最佳的方案,使你青春常在,活到了八十岁!

❊ 《少年维特的烦恼》

一反掌间,我的心中是一种变化。人生愉悦的光辉又时时闪放着微光;啊,可惜只有一瞬时候!——我就在睡梦中,也不能忘却这种想念:假使阿伯尔死时,又怎么样呢?我会呀,她会……我追随着这种幻想,一直达到尽头,我又畏缩起来。

❊ 《少年维特的烦恼》

人的天性是有限制的;他只能把快乐,苦痛,忍受到某种程度,假使一超过了,那就完了。此处的问题不是懦弱或刚强,此处的问题是他苦痛的量究竟忍受过度了没有?不管那苦痛是道德上的或肉体上的;我觉得:说自杀者是懦怯的话是很奇怪的,犹如不当说因恶性的热病而死的

歌德名篇名句赏读

人是懦怯的一样。

✻ 《少年维特的烦恼》

我不会如许幸福过。我的感觉对于自然,乃至对于一小石,一细草,不曾如许丰富,如许密切过;但是——我不晓得要怎么表现才好——我的意像力很弱,一切都在我眼前浮泛动摇,我竟不能把持得一些轮廓;但是我想,假使我能得到黏土或融蜡时,我或许能够塑造。这种想法如能持久时,我会取了黏土——只好供人做笑柄罢了!

✻ 《少年维特的烦恼》

我常常看见人的创造力和洞察力都受到局限;我常常看见人的一切活动,都是为了满足某些需要,而这些需要除去延长我们可怜的生存,本身又毫无任何目的。临了,我还发现,人从某些探索结果中得到的自慰,其实只是一种梦幻者的怠惰,正如一个囚居斗室的人,把四面墙壁统统画上五彩缤纷的形象与光辉灿烂的景物一般。

✻ 《少年维特的烦恼》

谁要虚怀若谷,正视这一切将会有怎样的结果;谁要能看见每一个殷实市民如何循规蹈矩,善于将自己的小小花园变成天国,而不幸者也甘负重荷,继续气喘吁吁地行进在人生的道路上,并且人人同样渴望多见一分钟阳光——是的,谁能认识到和看到这些,他也会心安理得,自己为自己创造一个世界,并且为生而为人感到幸福。这样,他尽管处处受

到限制,内心却永远怀着甜滋滋的自由感觉;因为只要他愿意,他随时可以离开这座监狱。

✿　《少年维特的烦恼》

生命之花只是过眼云烟而已!多少花朵凋零了,连一点痕迹也不曾留下!能结果的何其少,果实能成熟的就更少了!不过,尽管如此,世间仍存在足够的果实;难道,我的兄长,难道我们能轻视这些已成熟的果实,对它不闻不问,不去享受它们,任它们白白腐烂掉么?

✿　《少年维特的烦恼》

人生才叫无常呵!他甚至在对自己的存在最有把握的地方,在留下了他存在的唯一真实印记的地方,在他的亲爱者的记忆中,在他们的心坎里,也注定了要熄灭,要消失,而且如此地快!

✿　《少年维特的烦恼》

谁生了病都会四处求医,再多的禁忌,再苦的汤药,他都不会拒绝,为的是得到所希望的健康。

✿　《少年维特的烦恼》

我现在颇能辨别世间的一切事物,劳动已把我的手和脚锻炼得坚强。

✿　《赫尔曼和多罗泰》

一生要珍重,但别把生命看得高于另一种至宝,一切财宝都是不可靠。

✿　《赫尔曼和多罗泰》

歌德名篇名句赏读

常言说得好，人在世间不过是过客。

❋　《赫尔曼和多罗泰》

人类所求者甚多、可是所需者颇少；因为，生命很短促，人的命运有限制。

❋　《赫尔曼和多罗泰》

决定人的一生以及他的整个命运，只在于一瞬之间；尽管商量得很久，但任何决定，只是瞬间的产物，只有明智者能掌握分寸。

❋　《赫尔曼和多罗泰》

我们不能照自己心意改造孩子。

❋　《赫尔曼和多罗泰》

布施是富人的义务。

❋　《赫尔曼和多罗泰》

万物的生灭都按照规律，而人的生命，这无价之宝，却受无常支配。

❋　《欧弗洛绪涅》

我觉得没有比不许做人更难办的了。

❋　《铁手葛兹·冯·贝利欣根》

溪水淙淙地奔流，摇动的水面总把她动人的画影变形；女神悻悻地走开；小溪却在她身后讥讽地叫道："当然，你不爱瞧我这镜子如实反映

的真相!"

❈ 《缪斯的镜子》

人们在生活中习惯于自我欺骗,可生活并不欺骗我们。

❈ 《亲和力》

世上存在着许许多多能使我们思念死者的纪念碑和纪念物。然而,没有什么能像画像那样意义深刻。与一个即使不那么唯妙唯肖的亲人的画像交往,也具有与朋友争吵那种常有的魅力。人们会愉快地感觉到,尽管是两个个体,却又不可分离。

❈ 《亲和力》

幸运者是不宜引导不幸者的。人的本性就是得到的越多,有求于自己和别人的也越多。只有重新走向生活的不幸者才懂得给自己、给别人培养一种意识:即使是福分有限,也还是可以知足常乐的。

❈ 《亲和力》

如今我自信是走上了正路,因为我日益把自己看做是个能够多多弃舍,以便多多享受的旅行家。我已经习惯于人世的变迁,况且变化对我说来也是一种必要,正像在演出歌剧时人们老是等待着新的场景,也正因为存在着那么多新的场景。

❈ 《亲和力》

我曾羡慕旅行家,能在生动的日常环境中见到这种种珍禽异兽。不过,他难免会变成另一个人。在棕榈树下漫步,谁也休想不受惩罚。在一个大象和老虎司空见惯的国度里,人们的思想肯定也会改变。

❀ 《亲和力》

当人们共同生活在幸福与宁静之中时,亲朋好友会过多地谈到已发生或将发生的事,他们反复地交谈彼此的打算、目前的活动,虽不一定是在交换意见,却总像一生都在商量着办事。但在重要时刻却恰巧相反。当人们似乎最需要别人支持帮助时,反而独自思索,各行其是,不与人谋。虽然各自的方法都秘而不宣,不过其目标、结果和收获终归对大家都有裨益。

❀ 《亲和力》

为什么人们对死者可以不加遮掩地说出这么多好话,而谈到生者却总有某种审慎和保留。现在找到答案了:这是因为死者没有什么可使我们担心的,而生者却在某个场合还可能对我们有所妨碍。

❀ 《亲和力》

每天使用的精力,决不超过一定的界限,即对我们的身心不加戕害,或者至少不使其疲倦。

❀ 《五十岁的男人》

人们说,妇女的天性爱慕虚荣,但是,她们越是虚荣,却越得到我们的喜爱。没有虚荣心的年轻人,我们又将怎样来培养呢?一个胸无点

墨、腹内空空的人，至少也懂得假扮斯文，而一个奋发图强的人，则要不了多久，他就变得表里一致。

❊ 《五十岁的男子》

干事情决不能操之过急，而是要让孩子有充分的时间，出于自愿地走上彼此有一定了解的康庄大道。

❊ 《五十岁的男子》

没有比天真无邪的大胆作为更加危险的了。

❊ 《五十岁的男子》

世上所有做父亲的都抱有一种诚挚的愿望，就是想目睹本身所不能成就的事业为自己的儿子所完成，似乎他们想以此获得再生，并且好好应用前一辈子的经验。

❊ 《歌德自传》

一切的苦闷都是孤寂的产儿。

❊ 《歌德自传》

每个鸟儿都有它的诱饵，每个人都有他自己的被引导和迷惑的方式。

❊ 《歌德自传》

一个人之有意义，不是在于他遗留一些什么东西，而是在于他有所

聆听感悟大师经典

作为和享受，而又促使他人有所作为和享受。

✻ 《歌德自传》

到了某一个时期，儿女就离开他们的父母，仆人离开他们的主人，受庇护者离开他们的恩人，这种想独立而不倚赖他人、自力更生的企图，无论成败，都常是与自然的意志相适应的。

✻ 《歌德自传》

如果连一个年纪大的人也再以学生自居，以他这种年龄本来很难得有新的成就，但他却以热情和毅力争取赶过生理条件较好的青年人，这是最能使青年人兴奋激动的事了。

✻ 《歌德自传》

在年轻的时候，我们热衷于各自走自己的路，为了避免走入歧途而毫不踌躇地拒绝别人的要求。可是到了晚年，有别人的同情激励我们，亲切地敦促我们做新的活动，那是求之不得的了。

✻ 《歌德自传》

年轻人如果荒谬悖理，他会陷入长期的痛苦；老年人不能荒谬悖理，因为他的余年很短促。

✻ 《温和的克塞尼恩》

年轻人健忘，由于兴趣分散；老年人健忘，由于兴趣缺乏。

✻ 《温和的克塞尼恩》

尘世凡人的最高幸福只在于保持自己的性格。

❋ 《帖木儿之书》

唉！单单为了日后享福而节约，算什么幸福，存多少钱，买多少地，产业连成一大片，也不会使人幸福。

❋ 《赫尔曼和多罗泰》

你老是想到远方的行旅？你瞧，至善就在近旁。你要学习掌握住幸福，因为幸福常在你身旁。

❋ 《提醒》

反抗命运而成就恋爱，是多么罕有的福气！

❋ 《浮士德》

请把优雅尽情领受，人生之乐，是志愿成就。

❋ 《浮士德》

单是享乐，会使人卑鄙成性。

❋ 《浮士德》

谁如回想到长年累月幸福过的遗踪，他会把最高的神恩也当成一场梦。

❋ 《浮士德》

战栗是人性中最好的部分；世俗间把战栗虽当做可憎，有了它，会彻

聆听感悟大师经典

悟到非常的事情。

❋ 《浮士德》

祸福无常，它能使普通人和卑贱者显贵，也能使设想周到的计策成为泡影。

❋ 《哀格蒙特》

重逢是一种快乐，分别很苦，再度的重逢又使人更加幸福，多年的离情一瞬间得到补偿；最后，恶意的分别却守在一旁。

❋ 《热情三部曲》

我认为，那些能像小孩儿似的懵懵懂懂过日子的人，他们是最幸福的。他们也跟小孩儿一样拖着自己的洋娃娃四处跑，把它们的衣服脱掉又穿上，穿上又脱掉，不然就乖乖儿围着妈妈藏甜点心的抽屉转来转去；终于如愿以偿了，便满嘴满腮地大嚼起来，一边嚷着：还要！还要！——这才是幸福的人喽。

❋ 《少年维特的烦恼》

还有一种人，他们给自己的无聊勾当以至欲念想出种种漂亮称呼，美其名曰为人类造福的伟大事业；他们也是幸福的——愿上帝赐福给这样的人吧！

❋ 《少年维特的烦恼》

我们人呵，常常抱怨好日子如此少，坏日子如此多；依我想来，这种

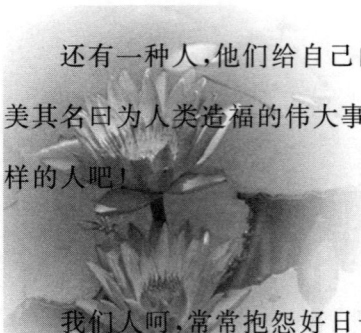

抱怨多半都没有道理。只要我们总是心胸开阔，享受上帝每天赏赐给我们的欢乐，那么，我们也会有足够的力量，承担一旦到来的痛苦。

❊　《少年维特的烦恼》

人们要是不这么没完没了地运用想象力去唤起昔日痛苦的回忆——上帝才知道为什么把人造成这个样子——而是多考虑如何挨过眼前的话，人间的痛苦本来就会少一些的。

❊　《少年维特的烦恼》

的确，我们生来就爱拿自己和其他人反反复复比较；所以，我们幸福或是不幸，全取决于我们与之相比的是些什么人；所以，最大最大的危险，就莫过于孤身独处了。

❊　《少年维特的烦恼》

天堂里的上帝，难道你注定人的命运就是如此：他只有在具有理智以前，或者重新丧失理智以后，才能是幸福的么？

❊　《少年维特的烦恼》

幸福啊，谁要能把自身的不幸归因于人世的障碍！你感觉不出，感觉不出，你的不幸原本存在于你破碎的心中，存在于你被搅乱了的头脑里；而这样的不幸，全世界所有的国王也帮你消除不了啊。

❊　《少年维特的烦恼》

世界上最大的欢乐不是完全纯粹的；最巨大的喜悦也会被我们的热

聆听感悟大师经典

歌德名篇名句赏读

情和命运中断。

✿ 《克拉维戈》

最大的幸福，最美的生的力量，最终也会归于消亡。

✿ 《伊菲革涅亚在陶里斯岛》

血不能给人以幸福和安宁。

✿ 《伊菲革哩亚在陶里斯岛》

时时刻刻，总有快乐的生活提供给我们，昨天的事——又不许我们过问！如果我有时害怕黄昏来临，太阳落山，还可以赏一下美景。

✿ 《悲歌》

越是在不幸时能保持沉着，泰然自若地忍受痛苦，从而受到最高的评价和尊敬，被树为楷模，才越能给一个人带来最高的荣誉。

✿ 《亲和力》

人　民

人们一辈子也闹不清，谁从战争中赢得了什么，或者谁从战争中输掉了什么，遭难的总是人民。

✲　《哀格蒙特》

一个民族年代不久不会聪明，它永远是幼稚的。

✲　《哀格蒙特》

一个民族不是更愿意按照自己的方式由本族人来管理，而不愿听凭那些到了一个地方就拼命搜刮钱财的外族来统治吗？这些外族惯用异邦的尺度来评判一切，对人残暴，缺乏同情。

✲　《哀格蒙特》

如果尼德兰人发现，咱们关心他们的财产，远胜于关心他们的福利和他们的灵魂，那么怎么建立和维持彼此之间的信任？

✲　《哀格蒙特》

歌德名篇名句赏读

压制是不行的。我了解我的同胞，我们都有资格踏进上帝的国土，他们每个人炉火纯青，像个小君主，坚定，勇敢，干练，忠实，迷恋于古老的习俗。要赢得他们的信任是不容易的，而维持这种信任就容易得多。他们坚毅而沉着，他们要压倒别人，而不让人压倒。

❋ 《哀格蒙特》

作为一个公民，他希望一个和他同生一地、同受教育、见解相似，可以称之为同胞的人来统治自己，这是很自然的。

❋ 《哀格蒙特》

老百姓的善良意愿难道不是最可靠、最高贵的物质吗？

❋ 《哀格蒙特》

一个以诚实和勤劳为生的正直市民，到处都能找到他所需要的自由。

❋ 《哀格蒙特》

本来极容易做出决定的事情，人们总要喋喋不休地反复讨论，参加这样的会对我来说，虽然坐在安乐椅上却如坐针毡。

❋ 《哀格蒙特》

宗　教

我尊崇宗教,你是晓得的;宗教是些疲乏者的支杖,是些焦心者的清凉剂。——可是宗教对于一切的人到处都能够是,都必定是这样的吗?你把眼光放宽大些,你可晓得世界上多少人,宗教对于他们是不曾这样的,有多少人,宗教对于他们是不会这样的,不管是教徒不是教徒。

❀ 《少年维特的烦恼》

我不知太阳下面还有什么

比你们众神更可怜了!

你们寒伧地

靠牺牲的供奉

和祈祷的气息

颐养你们的尊严。

如果没有孩子和乞丐,

还有那些满怀希望的傻子,

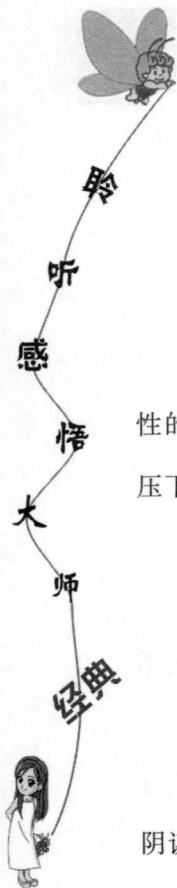

歌德名篇名句赏读

你们该怎么办?

❋ 《普罗米修斯》

清苦、禁欲、顺从——三条戒律,分开来看,每一条显然都是违反本性的最难受的,这三条实在都让人受不了。可是,还要一辈子在这种重压下面,或者在更加沉重的良心压力下面,无望地呻吟喘息。

❋ 《铁手葛兹·冯·贝利欣根》

由于妄想接近上帝,便把至善至美的冲动本能看成罪孽。

❋ 《铁手葛兹·冯·贝得欣根》

宗教好像一幅富丽堂皇的壁毯,在它后面,人们更加容易酝酿种种阴谋诡计。

❋ 《哀格蒙特》

老百姓在顶礼膜拜神明的偶像时,诱猎者却在后面窥伺,想把他们诱入陷阱。

❋ 《哀格蒙特》

是啊,主!我发现那里糟糕透顶,依旧如故。人们悲惨度日,甚至使我不胜怜悯;我简直不能去折磨那些可怜的生灵。

❋ 《浮士德》

好吧,任你去吧!去诱引那个灵魂使之脱离他的源头,只要你抓得

住他，就把他随身拉上你的歧途，到你不得不交待的时候，你就会含羞带愧地承认：一个善人即使在他的黑暗的冲动之中，也会觉悟到正确的道路。

❀ 《浮士德》

自然和精神——对基督徒可千万不能这样说。这种话太危险，所以无神论者都给烧死掉。自然是罪孽，精神是魔道，是它们生出了怀疑，一个畸形的杂种。

❀ 《浮士德》

你气咻咻祈求见我，听我的声音，看我的脸面；你强烈的心愿感动了我，我来了！——可你这个超人却吓得这样可怜！

❀ 《浮士德》

如果说，烦恼教人沉默无语，上帝却让我们说出自己的苦衷。

❀ 《歌德诗选》

情感世界

亲情

友情

爱情

亲　情

只有做父亲的,才能对别人的怀有责任感的父亲抱着崇敬的心情。

❀　《泄露秘密的是谁》

浪迹天涯的游子最终又会思恋故土,并在自己的茅屋内,在妻子的怀抱里,在儿女们的簇拥下,在为维持生计的忙碌操劳中,找到他在广大的世界上不曾寻得的欢乐。

❀　《少年维特的烦恼》

家庭生活嘛,主要在于上下和睦。

❀　《五十岁的男子》

我们欣然折服古人,而对后人却并不如此。只有父亲才不妒忌儿子的才华。

❀　《歌德的格言和感想集》

对孩子不加管教,听凭他轻浮任性,把恶习发展下去,年轻人怎样会

成人？

✽ 《莱涅克狐》

如果父母受过教育，就会生出有教养的子女。

✽ 《温和的克塞尼恩》

孝敬父母是我的宿愿，我觉得，任何人都不及生我的、在我无知的童年认真管我的父母更加贤达而聪明。

✽ 《赫尔曼和多罗泰》

有许多好姑娘需要丈夫保护，面临着不幸的男子也需要妻子安慰他。

✽ 《赫尔曼和多罗泰》

到了晚年，人才知道家庭可贵。

✽ 《浮士德》

玫瑰色的赏心悦目的幸福日子游去了，它们一天复一天地伸出友谊之手。然而我感到缺少什么东西——要是我深入一步观察人生，猜测人生的所有苦乐，那么，我就希望获得一位丈夫，他的手将陪伴我走遍世界，他为了爱，在上了年纪时替代我的双亲，成了我的朋友和保护者。

✽ 《丝苔拉》

难道人们就无法抗拒这种自然法则，难道父亲和儿子，父母和子女

就不能协调一致？难道他将来必须和他父亲作对？难道他必须毁掉他父母亲手建设的东西，而不是设法加以完善和提高——特别是明知他的后代也会依然样如此？

※ 《亲和力》

这只不过是父母的一种妄想，因为他们的存在对儿女就那么不可缺少。一切生灵都会自觅食物，相辅相从。如果说父亲早死使得儿子享受不到舒适而顺利的童年，那么也许正因为如此，通过及时认识到他必须适应另外的世界，反能更快地受到这世界所需要的教育。

※ 《亲和力》

婚姻是一切文明的开端，也是一切文明的顶峰。它使原始的粗野变得温良醇厚。最有教养的人也没有比这更好的机会来表现他们的温良醇厚。婚姻必须是牢不可破的。它带来如此多的幸福，任何个别的不幸相形之下都显得微不足道了。再说，究竟什么算不幸呢？不外乎是人们不时碰到的烦躁而已。

※ 《亲和力》

友 情

广阔的人世,并不能代替和你最亲近的人在一起。

✽ 《托尔夸托·塔索》

安于朋友的友爱,听任自己自由任性,一点也不知道控制自己热情的人,孰不知会首先伤害了自己所热爱的人。

✽ 《托尔夸托·塔索》

如果你知道远方的朋友幸福,那就犹如你们依然亲切地在一起一样。

✽ 《托尔夸托·塔索》

要跟一个由于亲密关系而在记忆里还很鲜明逼真的人分手,是困难的。

✽ 《铁手葛兹·冯·贝利欣根》

应当听好友的忠告。

✽ 《伊菲革涅亚在陶里斯岛》

要听明智的朋友的劝告,对你最有益。

❀ 《莱涅克狐》

世间最纯粹、最暖人胸怀的乐事,恐怕莫过于看见一颗伟大的心灵对自己开诚相见吧。

❀ 《少年维特的烦恼》

我们应该每天对自己讲:你只能对朋友做一件事,即让他们获得快乐,使他们更加幸福,并同他们一起分享这幸福。当他们的灵魂受着忧愁的折磨,为苦闷所扰乱的时候,你能给他们以点滴的慰藉么?

❀ 《少年维特的烦恼》

为了一个失败了的朋友掉泪,也算得上男子汉的行为。

❀ 《哀格蒙特》

我们心心相印,彼此了解,不用声音,不用手势,就能了解对方心灵深处的想法。

❀ 《克拉维戈》

无论怎样也不要对好朋友怀恨,一种天真烂漫的友情纵然有时会引起不快之感,但决不应伤害它。

❀ 《歌德自传》

对于个别人的存在来说,某些缺点是必不可少的。要是老朋友抛弃

歌德名篇名句赏读

了某些怪癖,我们反会觉得不愉快。

✽ 《亲和力》

　　人生乃是盛大的筵席,虽然不能加以算计。我们现在聚在一块真诚的爱可会永在? 如果它也会有尽期,一切就都没有意思。

✽ 《春天的预言家》

爱 情

他也不能吃,不能喝,不能睡;好像要断气的一样;不应该做的事情,他做了;应该做的事情,他忘了;他好像是被鬼怪迷着了的一样。

❀ 《少年维特的烦恼》

啊,这个空隙,这个绝大空隙,我在我胸中现在所感觉着的这个呀!——我常常想,我若能够把她压在心上一次,只压在我心上一次时,我这个空隙才能够完全填满。

❀ 《少年维特的烦恼》

她酿就了一种毒酒,要把我和她都归于灭亡,她不晓得,她也不觉得;可是只要是她送给我的毒杯,我是满心满意地一饮而尽。

❀ 《少年维特的烦恼》

我在忍耐着,她是觉得的。今天她的眼光直射进了我的心坎。我看见她的时候,她是一个人,我没有说话,她只望着我。我在她身上看不出

— 45 —

从前的那种可爱的"美"来,看不出从前的那种殊胜的精神的光来:因为一切都从我眼前消灭了,但是她那更绰约的眼光打动了我,完全表现出了她极恳切的,极甘美的同情。

✾ 《少年维特的烦恼》

她的姿态时常追随着我!醒时睡时她都充满着我的灵魂!此时我把眼睛闭了,在我这前额中,我的心眼之力凝集着,有她的一双黑眼俨然存在,在此处存在,我不能表示给你。我又睁开眼睛,她也在这儿;好像一面海洋,好像一个深渊,她在我的面前,我的身中,充满了我头部的感官。

✾ 《少年维特的烦恼》

我最亲爱的,我现在陷没在混乱的状态之中了!我的精神完全干枯了!心中没有一瞬刻的满足,没有一分钟的喜悦时间!什么也没有!什么也没有!我就好像立在一个西洋镜之前!看见一些人儿马儿在我眼前回转,我常常问我自己,是不是看花了眼睛。我是在优孟登场,宁说是如像只木偶一样在被人玩弄,我次次摩触着邻人的木手,急速缩转手来。晚来想玩日出而睡在床中;白日想玩月光而陷在房里,我真不知道,我何故要起床,何故要就寝呢。

✾ 《少年维特的烦恼》

究竟不错,世间上比恋爱还切要于人的东西没有。

✾ 《少年维特的烦恼》

聆听感悟大师经典

她是我所神圣视的。一切欲望在她的面前都沉默了。我在她旁边的时候，我总不知道我是怎么样，就好像我的精神在我全部的神经中颠倒了的一样。——她有一种音调，是她藉天使般的力量在钢琴上弹出来的，十分单纯，十分灵韵丰浓！那是她的歌声，当她才把开首的曲谱弹着的时候，使我超脱乎一切苦痛、淆乱和愤懑。

✽ 《少年维特的烦恼》

和她在一起，我自己仿佛也增加了价值，因为我成了我所能成为的最充实的人。

✽ 《少年维特的烦恼》

请别骂我，要是我告诉你，当我回忆起这个真挚无邪的恋人来时，我自己心中也热血沸腾，眼前便随时出现一个忠贞妩媚的情影，仿佛我也跟着燃烧起来，害起了如饥似渴的相思。

✽ 《少年维特的烦恼》

一位天使！——得！谁都这么称呼自己的心上人，不是吗？可我无法告诉你她有多么完美，为什么完美；一句话，她完全俘虏了我的心。

✽ 《少年维特的烦恼》

在青春热情所在之处，海水不会冷却，啊！大地不会使爱情变得冰凉。

✽ 《科林斯的新娘》

— 47 —

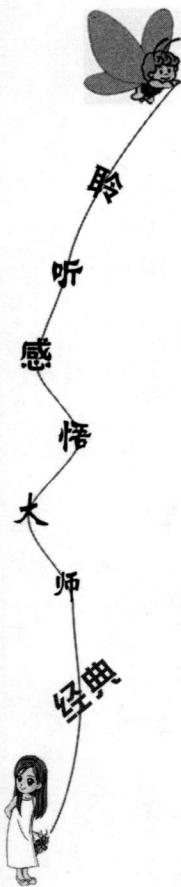

歌德名篇名句赏读

还有一样也难以遮掩,就是爱情;秘藏在心头,却容易从眼睛里泄漏。

✻ 《自由》

真正互相爱慕的有情人只有靠对方感到幸福。

✻ 《帖木儿之书》

只有相爱的灵魂,才有福气。

✻ 《哀格蒙特》

人们得到爱情,十之八九不是从追求得来的。

✻ 《哀格蒙特》

理智渗透不了感情,感情也无法迎合需求,更无法迎合必然。

✻ 《五十岁的男子》

一个男子,如果拜倒于某位妇女的脚下,就决不会把两人如痴如醉的情状,去告诉另一位妇女。

✻ 《五十岁的男子》

谁懂得真挚的爱情,谁懂得享受和憧憬爱情的幸福,他就不会把这最崇高的幸福,慨然让与一位朋友,甚至一位他所尊敬的朋友。

✻ 《五十岁的男子》

心中起了顺从的念头,爱情就再也不会遥远。

✻ 《神与舞女》

真正的爱情使青年立即变为成人。

❋　《赫尔曼和多罗泰》

她如梦初醒。她当初跟年轻的邻居捉对儿厮打,本是情窦初开的表现,这种剧烈的格斗,不过是在形式上的反抗,实质却是对他由衷的眷爱。

❋　《一对怪僻的小邻人》

温情是人们性格的一种特征,哪怕它不会创造惊人的事业,但也不容忽视。小说家不需要它,因为没有多大意义;收集轶事者也不需要它,因为内容不够风趣,没有扣人心弦的力量;只有爱用冷眼旁观的态度审察人类的人,才会欢迎这种特征。

❋　《善良的女人》

天下无处无恋人。

❋　《丝苔拉》

想到初恋时的怯生生的目光,吞吞吐吐的倾诉,接近时的柔情——忘怀的本身——最初偷偷的火热的接吻,以及最初呼吸平静的拥抱,即便流泪和痛苦千年,也补不上这一切。

❋　《丝苔拉》

我请求他为了上帝的缘故要爱惜自己——同时爱惜我——可是没有用! 他把内心的火焰点燃起来了。于是我这个姑娘从头到脚都充满

— 49 —

了感情,我把整个心献给了他。然而现在,普天之下,什么地方是我的立足之地啊!

✸　《丝苔拉》

我感到我帽子上蓬松的羽毛偶一抖动,要比四周所有闪烁的目光更能引起他的注意;各类音乐在他听来,奏的只是他心灵上永恒歌曲的旋律:"丝苔拉! 我是多么爱你!"

✸　《丝苔拉》

我们内心充满爱情,如果我们受辱抛弃了爱情的对象,那我们会竭力下决心,不惜委曲求全以求恢复现状。我们从前也常常闹脾气,过后便深自懊悔,心里不安。后来见面拉拉手,心马上软下来,什么冤仇都忘个精光。

✸　《丝苔拉》

你压根儿体会不到,一个在荒凉的沙漠里饱受饥渴的人,一旦回到了你的怀抱,即便是一滴露水,他也会当作甘泉哪。

✸　《丝苔拉》

忙碌地工作,积极地做好事,是老天赐给我们不幸的恋爱之人的一种恩赐,一种补偿。

✸　《丝苔拉》

爱情沉默的地方,责任就要起作用。

✸　《丝苔拉》

聆听感悟大师经典

初恋是唯一的恋爱:因为在第二次恋爱中和经过第二次恋爱,恋爱的最高的意义已失掉了,本来提高和支持恋爱的永恒性和无限性的概念便化为乌有,它与一切可重视的东西同样,只是暂时的、无常的。

❀ 《歌德自传》

因为爱情的本性就是它自认为只有它有权利,而所有他人的权力都得在它面前隐退。如果使自己的朋友知道自己所爱的女人的优点,因为他也觉得她的动人可爱之处,是一种危险,那么,如果友人对她持异议,使自己的心怀疑起来,也有同样大的危险。

❀ 《歌德自传》

这种新生的爱情是不为过去的事所烦扰的,它以电光石火那样的速度,迸出来,不知道有过去,也不知道有未来的。

❀ 《歌德自传》

她要施展她的魅力来吸引我,而她像是受罚那样,也为我所吸引。

❀ 《歌德自传》

一种不能抗拒的乞求支配着我们,我少了她不行,她少了我也不行。

❀ 《歌德自传》

她之支配我是不容为讳的,她大可以以此自豪;但是,在这场合,征服者和被征服者都同样得到胜利,彼此都以同样的骄傲怡然自得。

❀ 《歌德自传》

歌德名篇名句赏读

白天黑夜对于我们都是一样；白天的阳光不能盖过恋爱的光辉，夜里却因热情发射的光芒而灿同白昼。

✱ 《歌德自传》

我们之爱慕一个女子是爱她现在的样子，我们爱慕一个青年男子，是着眼于他未来的前途。

✱ 《歌德自传》

一个人在他的爱人身上感到的最纯洁的欢悦，就是看见她也讨别人喜欢。

✱ 《歌德自传》

我具有再多精力，也会被她的热情吞噬掉；我具有再多天赋，没有她一切都将化作乌有。

✱ 《少年维特的烦恼》

每当我的指尖儿无意间触着她的手指，每当我俩的脚在桌子底下相互碰着，呵，我的血液立刻加快了流动！我避之唯恐不及，就像碰着了火似的。可是，一种神秘的力量又在吸引我过去，我真是心醉神迷了！

✱ 《少年维特的烦恼》

你想想这世界要是没有爱情，它在我们心中还会有什么意义！这就如一盏没有亮光的走马灯！可是一旦放进亮光去，白壁上便会映出五彩缤纷的图像，尽管仅只是些稍纵即逝的影子；但只要我们能像孩子似的

— 52 —

为这种奇妙的现象所迷醉,它也足以造就咱们的幸福呵。

✽ 《少年维特的烦恼》

没有你,恋人,要什么节日?没有你,情人,要什么跳舞?你不做我的恋人,我不愿跳舞,你做了我的恋人,天天是节日。

✽ 《邀舞互唱》

爱情的散步就是天国的跳舞。

✽ 《邀舞互唱》

情人眼里出美女,鼻子里闻不出香臭。这是可悲的。

✽ 《克拉维戈》

当我再次见到她时,在最初的激动中,我的心向她飞去啊!在这一阵激动过去后便是同情——一种深刻的怜悯心充满我的内心:可是爱情——你瞧!我仿佛在温暖的喜乐中感觉到死神冰冷的手伸到我的脖子上。我竭力装得兴高采烈,在我周围的人中间扮个幸运儿——一切过去了,一切都那么呆板,那么吓人。要不是我周围的人完全失去了自制能力,他们一定会注意到这一点的。

✽ 《克拉维戈》

怨恨会带上偏见,爱情就更是如此。

✽ 《亲和力》

激情和极端只相距一步之遥。

✻ 《亲和力》

在人们的想象力所能描绘的一切事物当中，最有魅力的也许莫过于情人和年轻夫妇在新的世界中领略其新关系的憧憬，在多变的情况中考验并巩固持久的爱情纽带的憧憬。

✻ 《亲和力》

激情可能是缺点，也可能是优点，只是增强了效果。我们的激情真是火中的凤凰。一旦旧的焚毁，新的便立刻在旧的灰烬上诞生。强烈的感情是一种不治之症，能治愈它的也可能使它更加危险。激情可以通过认识而加强和缓解。最可取的阳关大道莫过于对我们所爱的人保持信赖和沉默。

✻ 《亲和力》

你这害了相思病的瘟生，只要能够安慰你的阿娇，把日月五星都当成花炮。

✻ 《浮士德》

爱，授人以人性的欢狂，它使人成为如意的双；爱，却授人以神性的狂欢，它使人成为贵重的三。

✻ 《浮士德》

不幸的失恋者，不怕遭了弃捐，还要回过头去向心爱的人留恋，苦心

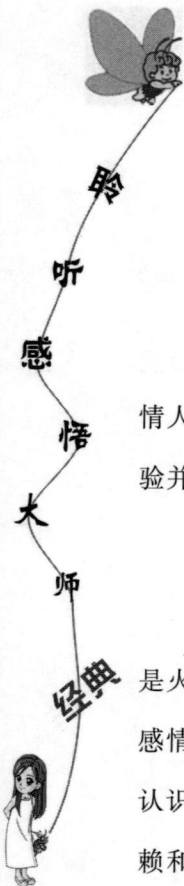

焦思,就为的这种火源。

❋　《浮士德》

为了爱情任何冒险都不沮丧。

❋　《浮士德》

爱人啊,这些诗歌有一天

会再送到你手里。

在钢琴前坐下吧,

你的友人曾在这琴旁站立。

让琴弦发出激越的鸣响,

然后吧目光投进诗集;

只是别读! 要不断地唱!

它的每一页都是你的。

哎,黑字白纸,书里的歌

望着我,神情多忧郁,

从你口里唱出来,它们

更加神圣,令人痛彻心脾。

❋　《致莉娜》

我为何这般激动?

吹来了带给我喜讯的东风?

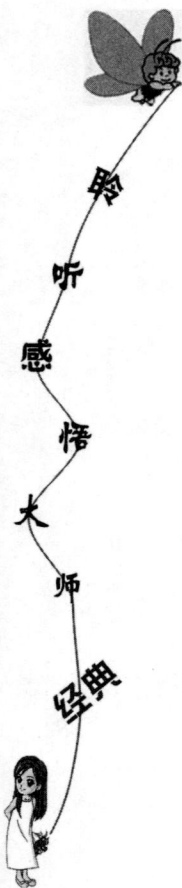

聆听感悟大师经典

歌德名篇名句赏读

它轻柔地扇动双翅，

抚慰我身心的伤痛。

它亲昵地与尘埃嬉戏，

送它去天上的浮云中；

它让安全的葡萄荫下，

群集着欢舞的昆虫。

它缓和烈日的热情，

吹凉我发烧的面颊，

它匆匆掠过山野，

还将晶莹的葡萄亲吻。

它轻柔的絮语带给我

来自友人的亲切问候，

不等群山变得幽暗，

我就将静坐在他膝下。

因此，你可以离开我了！

去为快乐者和忧愁者效劳。

我很快会找到我亲爱的，

那儿的城垣在夕晖中燃烧。

啊，我衷心渴望的喜讯，

新鲜的生命，爱的嘘息，

只能得知他的口中，
只能来自他的呼吸。

✻ 《致东风》

哎，谁能唤回那美好的日子，
唤回那初恋的日子，
哎，谁能唤回那甜蜜时光的
哪怕仅仅一个小时！
孤独地，我滋养着我的创伤，
永远带着新的怨尤，
痛苦地将失去的幸福追忆。
啊，谁能唤回那甜蜜的时光，
唤回那美好的日子。

✻ 《第一次失恋》

你又将迷蒙的春辉
洒满这幽谷丛林，
你终于将我的灵魂
完全地解脱消溶；
你将抚慰的目光
照临我的园庭，
就象友人的青眼

歌德名篇名句赏读

关注我的命运。

我的心感觉着

乐时与忧时的回响，

我在苦与乐之间

寂寞孤独地倘佯。

流吧，流吧，亲爱的河！

我再不会有欢愉，

嬉戏、亲吻、忠诚，

一切都已然逝去。

可我曾一度占有

那无比珍贵的至宝！

我现在痛苦烦恼，

就因为再不能忘记！

喧响吧，流下山涧，

别休止，莫停息，

发出琮琮的鸣声，

和着我的歌曲。

不论是在冬夜里

你汹涌地泛滥激涨，

还是在阳春时节

聆听感悟大师经典

你迂回地流进花畦。

幸福啊,谁能

离开尘世无所怨恨,

谁能拥有一位知己,

和他共同分享

那人所不知的、

人所不解的乐趣,

做长夜的漫游,

在胸中的迷宫里。

❉ 《对月》

哲理智慧

经 验

哲 理

经　　验

现实生活教会人认识自己的真面目。

❀　《托尔夸托·塔索》

正义之神也常常会蒙住眼睛,对那些欺诈行为闭目不管。

❀　《托尔夸托·塔索》

凡是尽一切劳苦、努力所不能获得的,用金钱、武力也不能强取。

❀　《托尔夸托·塔索》

如果你想瞧瞧宫廷的苦恼:那就是,有痒也不许你搔!

❀　《歌德自传》

你想予人恩惠,就要先受人的宠赐。

❀　《歌德自传》

看到难事能轻松愉快地得到处理,会给我们一种"奇迹"般的感受。

歌德名篇名句赏读

人们越是接近自己的目标，困难也就越大。播种不比收获艰难。

✳ 《亲和力》

就在这件小小的事情上，好朋友，我两次发现误解与成见，往往会在世界上铸成比诡诈与恶意更多的过错。

✳ 《少年维特的烦恼》

世上的事情很少能要么干脆这样，要么干脆那样。人的感情和行为千差万别，正如鹰钩鼻子与塌鼻子之间，还可能有各式各样别的鼻子。

✳ 《少年维特的烦恼》

贪得无厌的流氓受到提拔，大家只考虑利益和进账，正义和智慧被抛在脑后。

✳ 《莱涅克狐》

权术是不讲信义的。权术使人们从心里失去坦率、真诚和宽容。

✳ 《哀格蒙特》

你们年轻人眼光短浅，不肯听我们过来人的经验之谈。青春年少和乱的爱情，都有一个结束的时光；这样的一天总会到来，到时候若有个栖身之所，便应该感谢上帝了。

✳ 《哀格蒙特》

牧羊人驱赶羊群是容易的，要耕牛拖犁也不会遭到反抗；但如果想

骑一匹骏马,你就得研究它的习性。

❋ 《哀格蒙特》

各类轻松、愉快的事情,我转瞬即忘,但是种种可怕的形象,却永远深深地烙在我的额角上。

❋ 《哀格蒙特》

因为要盛新酒,那只好把旧瓶倒干。

❋ 《浮士德》

只须散布种子,收割准能如期。

❋ 《浮士德》

无隐不昭彰,无恶能逃刑。

❋ 《浮士德》

人生朝露,技术千秋。

❋ 《浮士德》

葡萄汁在初,纵然涩口,到头来终究要变成美酒。

❋ 《浮士德》

蛹和毛虫已经可以预示将要出现的美丽的蝴蝶

❋ 《浮士德》

　　樱桃、碧桃和江干李子,都呈示着棕色的脸面;买吧! 靠眼睛不能分辨,要唇舌,才能尝出酸甜。

❀　《浮士德》

　　金钱就在眼前,但要拿到才算。

❀　《浮士德》

　　火星虽不灼烙,而威势骇人。

❀　《浮士德》

　　树木正繁枝,便是位园丁,也知道来年花果收成。

❀　《浮士德》

　　关于自己的事情被人传为风声,任是谁人可也不高兴去听。

❀　《浮士德》

　　我诅咒那什么财宝金钱,它来诱我们做种种冒险,它又诱你以晏安的快慰,把美好的坐褥垫在下边!

❀　《浮士德》

　　主子不问仆人如何,只问做得怎样。

❀　《浮士德》

　　凡我所认为正确的,我要立即着手实行;因为过多思虑,反会找不着

歌德名篇名句赏读

至善之门。

　　　　　　　　　　　✽　《赫曼与窦绿苔》

楼上还有楼,山上还有山,天上还有天。

　　　　　　　　　　　✽　《赫曼与窦绿苔》

万事起头难,而创立家业要算最难。

　　　　　　　　　　　✽　《赫尔曼和多罗泰》

天下事迟早要露出本来面目。

　　　　　　　　　　　✽　《克拉维戈》

靴子是容易变成拖鞋的。

　　　　　　✽　《铁手葛兹·冯·贝利欣根》

痛苦是进谏良言的朋友。

　　　　　　✽　《伊菲革涅亚在陶里斯岛》

哲　理

迟落山的月亮,在夜间还是光辉夺目,但在初升太阳面前却变得非常苍白;老年人的爱情,在朝气蓬勃的青年面前,简直不值一提;松树在冬天青枝绿叶,坚韧挺拔,但到了春天,在嫩绿的桦树面前,却显得枝老株黄。

✳　《五十岁的男子》

可惜在虚假的平静中得不到安宁。

✳　《五十岁的男子》

人们的内心世界感到神清气爽,那么他们的外表,也必然是精神焕发的。

✳　《五十岁的男子》

任何自然而合理的状态,都可谓完善。

✳　《赫尔曼和多罗泰》

因为恐惧和忧愁很容易侵蚀人心，我觉得它们比灾难本身还更加可憎。

❀ 《赫尔曼和多罗泰》

金玉其外不过炫耀于一时，真品才能永垂不朽于后世。

❀ 《浮士德》

古钱的价值在于有锈。

❀ 《浮士德》

谁也还解不了这个问题：灵魂与肉体配合得这样美丽，两者是互相紧贴着水不分离，而何以总是使得人难过日子？

❀ 《浮士德》

精神上所感受着的至圣至神，总会有不相干的杂质常来搀混；待我们达到了这个世界的善境，更善的又名之为荒诞与非真。

❀ 《浮士德》

协心同心，才能将危险战胜，一人有庆，众口为之宣称。

❀ 《浮士德》

精神可以在两方面感到很大的愉快，一方面直观，另一方面是概念。但是，前者需要一种有价值的对象，而这种对象不常存在，以及需要有相当的教养，而教养也不一定能得到。反之，概念只需有感受力，它挟内容

以俱来,本身就是教养的手段。因此,卓越的思想家从幽暗的云间投射给我们的光辉是我们所最欢迎的。

✽ 《歌德自传》

爱情和困境是最好的老师。

✽ 《歌德自传》

在理性面前一切法律都是无所谓的,而在上升的天平上总会加上新的砝码。

✽ 《亲和力》

我们把相聚时快速互相吸收,置换的属性称之为亲和力。酸和碱虽然是互相对立的,但也许正因为是互相对立的,二者最易相互吸引和结合,彼此改变对方,然后共同形成一种新的物质。在这种情况下,物质充分表现出亲和力这一特性。

✽ 《亲和力》

人们不妨假设:结合、分解、再结合呈现交错现象。原先两两结合的四种物质,一经接触,各自解除原来的关系,经置换重新结合。人们从这种两两解体交错结合的现象中不难看出物质经过变化进入了一个更高的阶段,并认为这些物质具有某种意志和选择力,认为"择亲性"这一术语完全有理有据。

✽ 《亲和力》

可惜我知道足够多的例子，说明一种内在的，表面看来牢不可破的结合由于第三者的偶然插入而受到破坏，原来美好的结合体的一方被排斥而分离出去。

❀　《亲和力》

结合才是更伟大的艺术，更伟大的功迹。不管在哪种情况下，"结合艺术家"都会受到人们的欢迎。

❀　《亲和力》

复杂的事物正好是最有趣的事物。只有通过这些事物才能了解亲和力的这种特性的层次，懂得哪些是较近的，较强的吸引力，哪些是较远、较弱的吸引力。引起"离婚"的亲和力才是最有趣的一种。

❀　《亲和力》

假如您把您这些奇妙物质的关系称之为亲，那么，我觉得与其说它们是血缘亲，不如说是精神亲和灵魂亲。同样，在人与人之间也可能产生真实而伟大的友谊：因为互相对立的属性可以使得内在的统一成为可能。

❀　《亲和力》

我们总喜欢把世界上的事物以及婚姻想象得那么持久。而就后一点而论，我们是在把我们经常反复看到的喜剧演到一种与事物发展不相

适应的空想的地步。

✲ 《亲和力》

被母亲自然赋与美姿容貌的人真有福!

✲ 《赫尔曼和多罗泰》

对于恶人不要诅咒,他们对善人也有帮助;可是善人将会认清,他们该对什么人留心。

✲ 《温和的克塞尼恩》

善良使您完全生活在人生最年轻最纯洁的感情之中。

✲ 《丝苔拉》

粗犷的军人至少不改其本性。由于在大多数情况下,他们的倔强都隐藏着善良的天性,在紧要关头这种善良的天性也就流露出来。

✲ 《亲和力》

凡事都得适度、均衡,慈善事业也不例外,过分慷慨的施舍会使乞丐增加而不是减少。

✲ 《亲和力》

让你们能够区别善和恶,尊重智慧,也让买书的读者每天能受到教益,懂得人情世故。因为世事,过去将来都一样。

✲ 《莱涅克狐》

存心伤害别人者,就是这样给自己背上痛苦和不幸,受到许多报应。

❋ 《莱涅克狐》

恶性的寄生虫,专损别人辛劳,使成长起来的希望全部冰消。

❋ 《浮士德》

把无罪的破灭屠宰,以舒你一时的愤懑,这是暴君的行为。

❋ 《浮士德》

罪恶与耻辱是不能隐藏的。

❋ 《浮士德》

恶魔是个利己主义者,尽管说上天,要他利人他总不会。

❋ 《浮士德》

妖怪既要和我们斗法,魔术便应该拿出效验。

❋ 《浮士德》

外貌只能徒耀一时,真美方能百世不殒。

❋ 《浮士德》

美中如有不足,最难忍耐。

❋ 《浮士德》

你是什么器皿,到头还是什么器皿。你就戴上万千的假发蜷卷如

— 73 —

云,你的脚下就踏着了千寻的高凳,你是什么器皿,永远还是什么器皿。

✻ 《浮士德》

幻想和智慧往往在丑的面前得其所哉,而对美却并不那么热衷。人们从丑的地方可以得到许多东西,而从美丽那儿却一无所获。可是美或多或少丰富了我们的生活,而丑却把我们毁了。

✻ 《善良的女人》

我的挚友呀,你只让我说一句罢。在这世界中"非此则彼"的选择是很难的,感情与行为,可以投出种种虚影,如鹰鼻与凹鼻之不同呢。

✻ 《少年维特的烦恼》

人之幸福,全在于心之幸福。

✻ 《少年维特的烦恼》

幸运是靠沉着的自信心,以及高尚的决心和当机立断而获得的。

✻ 《泄露秘密的是谁》

曲艺杂谈

文艺

科 教

自 然

文 艺

故事,不管多么离奇,在诗人笔下会变为真实。

❋ 《叙事歌集》

诗人不喜爱默不作声,总要把感受昭示世人。毁誉和褒贬容有异同! 谁也不愿用散文忏悔,我们常秘密吐露一切,在诗神的沉静的林中。

❋ 《给亲切的读者》

想象愈和理性结合,就愈高贵;到了极境,就出现了真正的诗,也就是真正的哲学。

❋ 《致玛丽亚·包洛芙娜公爵》

只有文艺和科学,才能使我们和别的民族保持联系,只有文艺和科学,才能使异邦结成朋友,只有文艺和科学,才能增进彼此的了解。

❋ 《克拉维戈》

通过艺术,人类最有把握使世界变得柔和起来,同样是通过艺术,人

聆听感悟大师经典

类最有把握和世界融合一起。即使在最幸福和最困苦的时刻我们也少不了艺术家。艺术是研究困难和善良的。

❋ 《亲和力》

人们对他们所熟悉的人的肖像从来是不满意的。因此,我一直很同情肖像画师。人们很少要求别人做办不到的事,但对肖像画师却提出非分的要求:要求他们将每个人与画中人物的关系,每个人对他的好恶在画中表现出来;要求他们不仅刻画出他们对该人物的理解,而且刻画出每个人对该人物的理解。我毫不奇怪,这种画家会逐渐变得执拗、冷漠和任性。

❋ 《亲和力》

一个人能干点半会不会的工作真是一种愉快的享受。谁也不能责难那些热衷于本人专业之外的一门艺术的业余爱好者,至于一位艺术家越过自己本门艺术的疆界,有志趣进入相邻的某个艺术领域,人们也同样不可能苛求于他。

❋ 《亲和力》

凭靠着枯燥的感官,解不透宇宙的深意。

❋ 《浮士德》

取材不在远,只消在充实的人生中!

❋ 《浮士德》

色彩浓重中不甚清澄,迷惘丛簇间真光一瞬,美酒如此造成,世人都来陶醉倾饮。

❀ 《浮士德》

大地产生诗歌,今古由来不尽,犹如原头百草,春风一度一生。

❀ 《浮士德》

啊!假使人只这般地囚在书斋,每逢年时岁节才偶尔出外,对于外界只从老光镜底遥望,怎能够用言语来指导世界?

❀ 《浮士德》

诗人难道为了你的缘故,能放肆玩忽那最高的权利,自然赋予他的人权!他用什么打动全部人的心?他用什么把每一种元素调遣?难道不就是从胸中冲出来。又将世界摄回到自己心中的那种和声?当自然把无尽长的纤维无动于衷地搓捻着安在纺锤上时,当不和谐的众生相互撞击着发出刺耳的音响时:是谁令人鼓舞地划分了那永远流动的整齐的音阶,使它合乎韵律地振动?又是谁呼唤个别加入普遍的圣列,在那里发出美妙的谐音?是谁让暴风雨怒号而化为激情?又是谁令夕阳在严肃的思想里燃烧?是谁把所有娇美的春花倾撒向了情侣们的小径?是谁把微不足道的绿叶编成荣誉冠冕来奖励每种功勋?是谁保护了奥林波斯山?是谁集合了众神?须知这一切是人的力量体现在诗人的身上。

❀ 《浮士德》

— 79 —

歌德名篇名句赏读

只要你有聪明诚恳，无须乎用巧技媚人，有什么便说什么，更何须嚼字咬文？

❋　《浮士德》

你的言辩不怕是光怪陆离，涂抹了许多的水粉胭脂，但总如秋风之扫败叶，一样地干燥聒耳！

❋　《浮士德》

同样的文字，一个人从其中所理解的跟别人不同，一次谈话，一篇文章所引起的思想反应视人而异。

❋　《歌德自传》

不是一切的东西都要独出心裁，机杼一新的，有许多作品仍不脱旧套，也是不俗的。

❋　《歌德自传》

一个孤独静居的青年写出一些优美天才的作品，虽博得人们的称赞，但失去他的独立自主了，人们为了从他的人格中吸收摄取一些东西，向这青年提出种种要求，他集中于创作的才能，便因而涣散了。

❋　《歌德自传》

在艺术方面活动的人的作品如不被公认为艺术品，则他花在这作品上的辛劳便是白费的了。

❋　《歌德自传》

一种好的文艺作品固然能够和会有道德上的效果，但是要求作家抱着道德上的目的来创作，那就等于把他的事业破坏了。

✻ 《歌德自传》

改作的东西只与前作不同，但很少比前作好一点；因此，我们应先拿自己的作品出而问世，看看什么反响，然后不断地从事新的创作。

✻ 《歌德自传》

一种艺术品的全体，如果从它的伟大、单纯与谐和的部分来认识，它虽给人一种崇高、庄严的形象，但是那引起人的快感的真正享受，只可以在充分地显现其特色的一切细节之和谐一致中得之。

✻ 《歌德自传》

无论哪一个人，本来只从自己的缺点中看出自己的特色，而读者感兴趣的是有缺点但富于个性的作品，而不喜欢那种依据一般的文艺法则修正和润色出来的东西。

✻ 《歌德自传》

加了工的题材的内容就是艺术之发端和终局。我们虽不否认，天才和有修养的艺术家能够以艺术手腕从一切中创造出一切，以及可以驾驭最不好处理的材料；可是如果细加考察，这样创造出来的作品常是一种“技巧品”，而不是一件艺术品。后者应当以一种可宝贵的题材为基础，然后依仗着熟练和勤劳加以艺术处理，终于使素材的价值更出色地更美

聆听感悟大师经典

好地呈现于我们之前。

❋　《歌德自传》

造型艺术家要保持在美的境界之内,而语言艺术家总不能缺少任何一种含意,但可以逸出美的范围以外。

❋　《歌德自传》

我重视节奏和声韵,诗之所以成为诗,就靠着它们,但是,诗作中本来深切地影响我们的,实际上陶冶我们的,却是诗人的心血被译成散文之后而依然留下来的东西。

❋　《歌德自传》

画的情况与葡萄酒的情况完全相似,岁月纵然可以给酒带来较高的价值,不过在日后每年酿出来的酒也能与以前的同样的优良,经过相当的时间,新酒也变成旧酒,一样的贵重,甚或更醇美一点。

❋　《歌德自传》

真正的诗之所以成为真正的诗,是因为它像是现世的福音那样,借其内涵的明朗,外表的舒畅,使我们得以摆脱压在肩上的尘世重负。

❋　《歌德自传》

真实的生活描写决不含有这种目的,它没有赞许什么,也没有非难什么,只把情感与行动顺其自然地展开,以此来启迪读者自己。

❋　《歌德自传》

最严肃的著作与最轻快的著作具有同一的目的,就是以一种灵巧机智的描写来适度调节我们的快乐和苦恼。

✳ 《歌德自传》

我以为文学的幸福的时代往往就是在过去伟大的作品重露头角,并且风靡一时的时候,因为这时候,这些不朽的杰作会产生完全崭新的影响。

✳ 《歌德自传》

我禁不住把正要动笔来写的作品灌上炽烈的热情,以致诗的情景与实际的情景的差别丝毫不能分辨出来。

✳ 《歌德自传》

在这些诗中诚意与骄慢战,自然与因袭战,才能与俗套战,天才与它自己战,强健与柔弱战,刚冒尖的卓越与已形成的凡庸战,因此,我们可以把这一切的尝试看作一种前哨冲突,它是正式宣战的先声和大决战的前奏。

✳ 《歌德自传》

绘画是将形象置于眼前,而诗则将形象置于想象力之前;所以诗的形象是要拿来考察的最初的形象。人们先从比喻出发,然后继之以种种的描述,只要能表现外部感官之物,便总成为话题。

✳ 《歌德自传》

歌德名篇名句赏读

照我们看来,唯一重要的是给予风格这个词以最高的地位,以便有一个用语可以随手用来表明艺术已经达到和能够达到的最高境界。

❋ 《自然的单纯模仿·作风·风格》

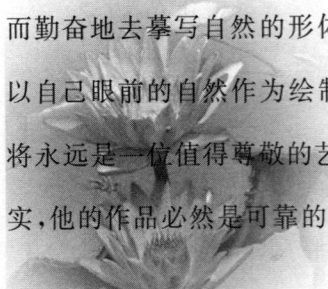

单纯的模仿以宁静的存在和物我交融作为基础;作风是用灵巧而精力充沛的气质去攫取现象;风格则奠基于最深刻的知识原则上面,奠基在事物的本性上面,而这种事物的本性应该是我们可以在看得见触得到的形体中认识到的。

❋ 《自然的单纯模仿·作风·风格》

从事这种绘画工作的人在气质上必须是宁静的、凝神专注的、适可而止的。因此,这类模仿是由那些资质有限而宁静忠实的人,用之于所谓无感觉或无生命的对象,就其性质来说,这类模仿并不排除臻于高度的完满。

❋ 《自然的单纯模仿·作风·风格》

假定一位具有天赋才能的艺术家,一个把自己的手眼在模特儿上锻炼到一定程度的人,终于着手绘制自然物体,开始以最准确的笔触,忠实而勤奋地去摹写自然的形体和色彩;假如他绝不有意识地背弃自然,并以自己眼前的自然作为绘制每幅图画的起点和终点;那么,这样一个人将永远是一位值得尊敬的艺术家,因为他一定能够达到惊人的高度的真实,他的作品必然是可靠的、有力的、丰满的。

❋ 《自然的单纯模仿·作风·风格》

聆听感悟大师经典

正如每个独立思考的人关于道德的见解采取不同的形式和不同的处理一样，每个从事这类描写的艺术家对于外部世界的观察、构思和模仿也是互不相同的。他愈是精密或愈是轻易地抓住了外部世界的万象，他就愈能坚定或愈能敏捷地再现它们。

❀ 《自然的单纯模仿·作风·风格》

单纯的模仿可以说是在风格外围进行劳作。它的工作越是忠实、谨慎、纯朴；越是从所见到的事物上获得宁静的印象；它的摹写越是有耐性，越是能产生用思想去进行辅助的习惯，也就是说，越是能懂得比较相同，区别差异，使特殊对象隶属于一般概念之下，正是达到这种程度，才可以说得上使自己跨进真正圣殿的大门。

❀ 《自然的单纯模仿·作风·风格》

如果要对这个庞大的对象获得概括的表现，就必须芟除琐碎的细节。举例来说，要是你画一幅风景画，斤斤于细节的描绘，而不向着整体的概念破浪前进，你就会一败涂地地丧失了目标。

❀ 《自然的单纯模仿·作风·风格》

只有自然，才是无穷丰富；只有自然，才能造就大艺术家。

❀ 《少年维特的烦恼》

诚然，一个按成法培养的画家，决不至于绘出拙劣乏味的作品，就象一个奉法惟谨的小康市民，决不至于成为一个讨厌的邻居或者大恶棍；

但是，另一方面，所有的清规戒律，不管你怎么讲，统统都会破坏我们对自然的真实感受，真实表现！

✻ 《少年维特的烦恼》

这崇高的诗引我到的，是何等的一个世界哟！在旷野之中盘旋，四周有暴风咆哮，雾影朦胧，月光暗淡，古代之精灵随风飘引，四山林木号夹着一片幽怨的鬼声，从岩壑而来，墓头四周，苔已覆而草已生，有痛不欲生的少女在哀哭她战死了的情人！

✻ 《少年维特的烦恼》

诗可以把我带到一个重新认识自己的快乐地方，它会使我牢牢记住乡间纯朴风物的基本价值，让我穿过一堆堆小树丛进入一座树林，不知不觉地走上山丘，再望过去便是林木茂密的山岭，最后是那些蓝色的层峦叠峰构成的一幅令人赏心悦目的图画。

✻ 《五十岁的男人》

在这里，高尚的诗歌艺术又一次显示了它的疗效。它与音乐融合，可根治一切心灵创伤。它先使伤口恶化，使脓血流出，然后在溶解的痛苦中消失。

✻ 《五十岁的男人》

科 教

"科学到底是什么东西?"它只不过是生活之力。不是你们制造生活,必须由生活赐予生活。

❀　《温和的克塞尼恩》

凡是用眼睛看得出的东西,用知识也能理解。

❀　《克拉维戈》

医学使全体人类从事于它,因为它是以全体人类为研究对象的。

❀　《歌德自传》

良好的教养可使人走上正道。

❀　《托尔夸托·塔索》

世上尊敬有教养的人。

❀　《托尔夸托·塔索》

歌德名篇名句赏读

一个富有教养的人才能控制自己。

❋ 《泄露秘密的是谁》

幽默只适用于有教养的人,因此并非每个人都能懂得每件幽默作品。

❋ 《善良的女人》

我们这些有教养的人,实际上是被教养成了一塌糊涂的人!

❋ 《少年维特的烦恼》

人类最根本的研究对象则是人。

❋ 《亲和力》

在遇到精神道德方面的麻烦问题时,有教养的人要比没有教养的更难接受帮助。

❋ 《亲和力》

对人说知心话是人的某种天性,而诚心听取别人的知心话则是一个人的教养。

❋ 《亲和力》

然而,当人们考虑培养自己的孩子进入更广的社会圈子时,往往容易听任他们无限地追求,而忽略了人内在的本性最根本的要求。这就是教育或多或少已解决或未解决的课题。

❋ 《亲和力》

　　凡是我们读到过的好思想,听到过的突出的事物,我们都会记在日记本里。要是同时我们也注意将朋友信中有特色的谈论,独到的见解,出于一时灵感的语句标出来,那我们就会变得十分富有。

✳ 《亲和力》

　　凡是一种完全矛盾的奇文,对于愚者和智者一样艰深。

✳ 《浮士德》

　　学者只好求学,因为他没有别的本领。人想造一座便宜的纸牌房子,而最伟大的天才也不能完成。

✳ 《浮士德》

　　啊! 当你翻读着一卷尊贵的典籍,那全部的天球都要来俯就于你。

✳ 《浮士德》

　　人如渗透了历代的精神,我觉得终究是不无裨益;以如今比诸古哲的思维,可知道比古人大有进步。

✳ 《浮士德》

　　但以知识而论,恰恰相反,最关紧要的不是知的本身,而是所知为何、所知道什么程度和所知有多少。所以我们关于知识可以论争,因为知识可以修正,可以增进,可以缩窄。知识从各个的事物开始,无限无形,从不能总括起来——极其量也不过是梦想似的总括起来——所以与信仰恰恰相反。

✳ 《歌德自传》

歌德名篇名句赏读

年轻人往往从大学里带回一般的知识，它虽然是很对、很好的，不过他们自以为在这方面已经很聪明了，便拿这种知识作为他们所碰到的事物的衡量标准，而结果大多是不中绳墨的。

❋ 《歌德自传》

我们在科学和文艺领域称为"省悟"的东西——对于某一伟大准则的省识，常是一种天才的精神的作用。在这场合，只有直观可以奏效，思索、学习、传授都无所施其技。在这场合，是一种精神力的发现，这种力在信仰中抛下锚，在现世生活的惊涛巨浪里也屹然不动，有稳如泰山之感。

❋ 《歌德自传》

无论哪一种流传下来的东西，在性质上总不能完美无瑕地传下来，即使完美地传下来，无论在什么时代也不能完全理解它的本来的面目，前者的不可能由于流传的媒介物之完全，后者的不可能是因为时代、地方的不同，尤其是因为人类的能力与思考的方法之相异，同一典籍，所以有不同的释义，它们间绝不会有一致，就是这个缘故。

❋ 《歌德自传》

看见刑罚施于一种无生命的东西（指焚书），的确是一桩可怕的事情。

❋ 《歌德自传》

学问的功夫不单是要认真地勤勉地来做,而且也要以愉快地从容地来对付。

❋ 《歌德自传》

常常看到一手好字就是一篇好文章的先驱。

❋ 《歌德自传》

好好地抚育他们,让他们自由发展。因为,孩子们都各有各的不同的天赋;各自去利用,只有各走各的路,才能妥善而幸福。

❋ 《赫尔曼和多罗泰》

聆 听 感 悟 大 师 经 典

自 然

由于明媚春光的眷顾,河流和小溪都已解冻了,山谷里绿遍了希望的幸福;古老的冬天衰弱不堪,开始躲回到荒凉的深山去了。它一面逃遁,一面还从那里送来一阵无力的白冰屑,呈条状铺洒在翠绿的郊野上。可太阳容不得一点苍白,到处活跃着生机和热望,它要用彩色使万物复苏;这地区却见不到一朵花卉,它于是拿盛装的人群来代替。

✳ 《浮士德》

大自然在光天化日之下依然充满神秘,不让人揭开它的面纱,而它不愿意向你的心灵表露的一切,你用杠杆用螺旋也撬它不开。

✳ 《浮士德》

城市本来并不舒适,四郊的自然环境却说不出的美妙。

✳ 《少年维特的烦恼》

聆听感悟大师经典

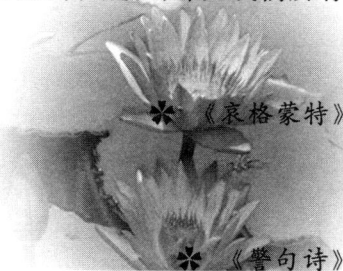

　　啊,要是我能把它再现出来,把如此丰富、如此温暖地活在我心中的形象,如神仙似的呵口气吹到纸上,使其成为我灵魂的镜子,正如我的灵魂是无所不在的上帝的镜子一样,这该有多好呵! ——我的朋友! 然而我真去做时却会招致毁灭,我将在壮丽自然的威力底下命断魂销。

❋　《少年维特的烦恼》

　　这个乐园一般的地方,它的岑寂正好是医治我这颗心的灵丹妙药;还有眼前的大好春光,它的温暖已充满我这颗常常寒栗的心。每一株树,每一排篱笆,都是繁花盛开;人真想变成一只金甲虫,到那馥郁的香海中去遨游一番,尽情地吸露呐蜜。

❋　《少年维特的烦恼》

　　大自然不会抛弃弱者,而是教会他如何对待傲慢和冷酷。

❋　《伊菲革涅亚在陶里斯岛》

　　到田野里去,那儿土地生长着大自然赐予人们的种种新的恩赐,那儿天空闪烁着日月星辰的种种祝福,并且绕着我们转来转去;那儿我们好比大地所诞生的巨人,由大地母亲抚育,日益茁壮成长;那儿我们所有的血管中都感到人类的天性和欲望。

❋　《哀格蒙特》

　　自然啊,接触你,才是我唯一的幸福!

❋　《警句诗》

— 93 —

聆听感悟大师经典

歌德名篇名句赏读

　　如果你把一株植物的顶心摘掉，它事后还会不断生长，长出无数分叉，也许成为一簇茂密的枝叶。但是初次长出来的、值得骄傲的，欣欣向荣的嫩枝，毕竟一去不复返了。

✻　《克拉维戈》

作者小传

歌德

　　歌德是德国古典文学最主要的代表,也是世界文学史上最杰出的作家之一。他的一生经历了德国文学史上狂飙突进运动、古典主义和浪漫主义三个阶段,是德国历史上少有的长寿作家。歌德在世界文学史上的显赫地位无须多言,马克思、恩格斯都特别喜欢他的著作,列宁在流放时携带的仅有的两部文学作品中,就有一部是《浮士德》。哲学家谢林说:"歌德活着的时候,德国就不是孤苦伶仃的、不是一贫如洗的,尽管它虚弱、破碎,它精神上依然是伟大的、富有的和坚强的。"

　　1749 年歌德生于美因河畔的法兰克福。父亲约翰·卡斯帕尔·歌德是皇家顾问、法律博士,母亲是当时法兰克福市长泰克斯托尔的女儿。童年的歌德已显出惊人的理解力。8 岁时,他把文科中学最高学年的拉丁文练习题译成德文,并开始学习法语、英语、意大利语以及希伯来语。10 岁时他广读伊索、荷马等人的作品,11 岁时又博览拉辛和莫里哀的名著。1765 年 8 月,在父亲的坚持下,歌德违背自己学习古典文学的意愿,到莱比锡学习法律。1770 年 4 月前往斯特拉斯堡继续完成学业。歌德的写作生涯是从 10 岁开始的。1774 年秋,《少年维特之烦恼》的出版使他一举成名。1775 年 11 月,歌德来到魏玛,次年进入魏玛公国宫廷参政,开始了他近 10 年的官宦生涯,曾任枢密顾问官、军事长官,主持过税务署,等等。1786 年 9 月,他开始为期数年的意大利之游,这为他日后写作提供了丰富的养料。

1794 年,歌德与席勒相遇,开辟了"以歌德和席勒的友谊为特征"的德国古典文学全盛时期。在 10 年时间里,他们在创作上互相帮助,各自写出了他们的名作。在席勒的促进下,歌德创作了他的毕生巨著《浮士德》。两位文学巨人 10 年的相处与合作把德国古典文学推向了高峰,并使魏玛这座小小的公园都城一跃成为当时德国与欧洲的文化中心。

作为德国"狂飙突进"运动的代表人物,歌德在他的一系列作品中呼唤自由,歌颂反抗。《少年维特之烦恼》发表后,立即轰动了全德和全欧,它表现了觉醒的市民阶级知识分子在当时封建社会环境里的精神苦闷。小说对封建道德、等级观念的激烈反抗以及对个性解放、发展"天才"的强烈要求,喊出了当时觉醒的一代知识分子的内心呼声,因此进步人士对之欢呼喝彩。这部书信体小说使多少人爱不释手,就连一生戎马倥偬的拿破仑也随身携带,先后读过七遍。恩格斯说它绝不是"一部平凡感伤的爱情小说",而是"建立了一个最伟大的批判的功绩"。

歌德花了 58 年时间完成的诗剧《浮士德》则是其一生丰富思想的总结与艺术探索的结晶，是堪与荷马的史诗、莎士比亚的戏剧媲美的伟大诗篇。当歌德于 1831 年最终完成此书时，他曾在日记中写道："主要的事业已经完成"，"我以后的生命我可以当作是纯粹的赐予了。我是否做什么或将做什么现在已经完全无所谓了。"《浮士德》塑造了一个不断探索人生真谛、不断进取的形象。主人公浮士德博士年届百岁、双目失明时，仍然认为，人生应当"每天每日去开拓生活和自由，然后才能作自由和生活的享受"，体现了资产阶级上升时期追求真理、自强不息的精神，也是德意志民族优秀传统的反映。

歌德一生的恋爱生活丰富而曲折，充满浪漫主义色彩。1775 年，他在法兰克福与 16 岁的莉莉·斯温曼订婚，使他度过一段"一生中最激动、最幸福的时光"，但终因家长反对，两人未能结成连理。1806 年 10 月，经过多次恋爱挫折之后，歌德与克里斯蒂涅结婚，10 年后妻子先他去世。歌德在晚年又经历了一次传奇式的爱情——74 岁时爱上了 19 岁的莱维佐夫。社会舆论的反对，使他的最后一次爱情遭到失败。歌德生活的最后 20 年是相对平静的，他竭尽全力从事创作和自然科学研究。这位文学伟人在完成他的巨著《浮士德》的第二部后，于 1832 年 3 月 22 日与世长辞。

歌德为人类文明留下了丰富的遗产，除了不朽的文学作品外，他在美学、哲学、历史以及地理学、生物学、物理学和天文学等方面，都有重要研究成果或发现。

歌德没有到过亚洲，更未来过中国，但他与中国却有着不解之缘。他在晚年阅读了大量有关中国的书籍，从丰富的中国文化中汲取了创作营养。他的《中德四季晨昏杂咏》十四首诗是中德文化相互影响的范例。

歌德的作品对中国启蒙运动发挥过积极影响。新中国成立后，随着中德文化交流的发展，歌德及其作品像一颗闪烁的明星，在中国放射出愈加灿烂的光芒。